*Il était une fois la Tour... En l'Eiz 17, sur Kolonie, la glace, dont les nappes avaient jusqu'alors recouvert la planète, avait enfin fondu, et la société des colons était au sommet de son développement scientifique et culturel... Cette période fut appelée l'âge de la "Grande Splendeur".*

*...Personne n'aurait jamais imaginé que tout allait basculer si vite: pendant le 18ème Eiz, le peuple des Nains, lassé par sa place tout en bas de l'échelle sociale, se révolta contre les habitants humains de la Tour... Pendant les huit Eiz de guerre qui s'ensuivirent, tout contact fut perdu entre la Tour et les communautés de savants habitant près des îles. Soixante Eiz se sont maintenant écoulés... Le temps et la mort ont œuvré ensemble pour effacer le savoir et les connaissances technologiques. Désormais, la Tour est devenue une légende pour ces groupuscules éparpillés qui croient être les uniques survivants d'une planète, dont personne ne se souvient du nom. Fango se retrouve embarqué dans l'aventure du vieux Zerit dont l'existence est vouée à la quête de la Tour du Maser. Ils sont tous deux échoués sur une île embrumée quand Erha part sur les traces de Zerit. Le trio s'est retrouvé prisonnier de l'infâme Ivolina et de ses nains fanatiques. Après une évasion spectaculaire, la chouette d'Erha tombe en panne de carburant et ils font un atterrissage d'urgence dans un cratère où Fango trouve l'amour. Enfin arrivé à la Tour, Erha, Zerit et Fango parviennent, après avoir surmonté quelques embûches, à monter jusqu'à un lac suspendu dans lequel ils tombent. Zerit et Fango regagnent vite la surface alors qu'Erha entre en communion avec une reine Yok et fait un rêve étrange. Alors que Fango fait la connaissance de Mara-Khamay, la guerrière, et de sa petite troupe d'égos; Erha, Zerit et Oro sont capturés par Tusar, un vieux maître corrompu obsédé par le secret de la Tour. Ils parviennent à s'évader et tout le monde se retrouve lors d'une bataille sanglante contre le puissant Tusar. Avec l'aide des Chimères, un peuple d'êtres de lumière résident de la Tour, nos héros remportent la victoire avant que le toit de la Tour ne se referme sur eux dans un grondement assourdissant...*

Et puis le noir finit.

Depuis, il fait tout le temps jour et la nuit n'est plus qu'un souvenir.

Je ne sais pas exactement ce qui s'est passé... Je flottais...

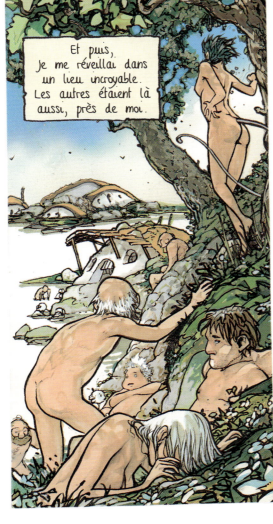

Et puis, je me réveillai dans un lieu incroyable. Les autres étaient là aussi, près de moi.

Tout était extraordinaire, les maisons étaient abandonnées mais pleines de nourriture. Il y avait là beaucoup plus que ce que nous avions besoin pour vivre.

De notre équipement, nous ne récupérâmes que le robo-crow, pour la plus grande joie de Khoz.

Le reste de nos vies était resté je ne sais où...

...et nous étions devenus différents...

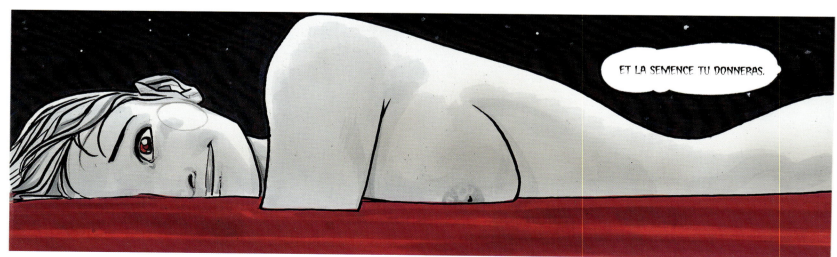

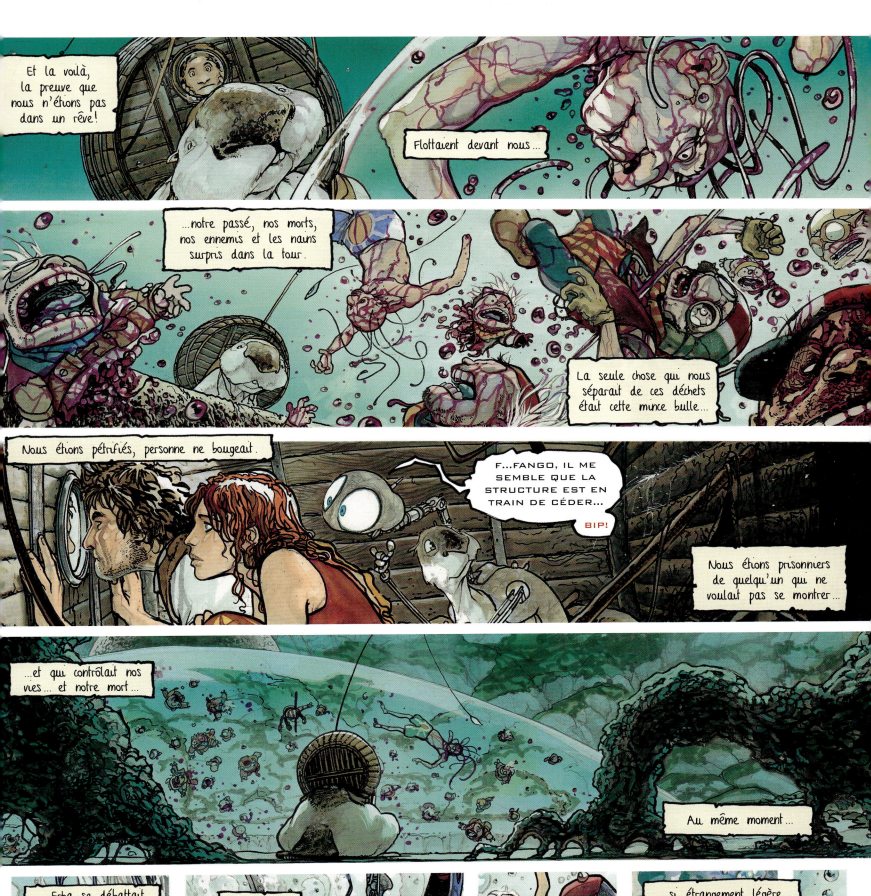

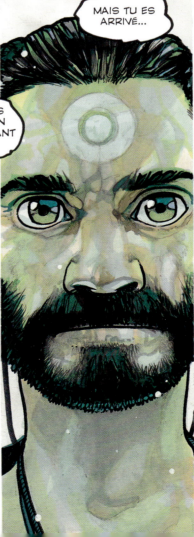

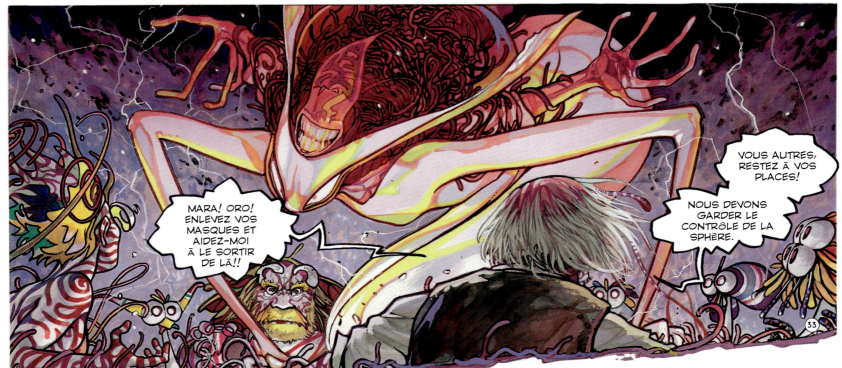

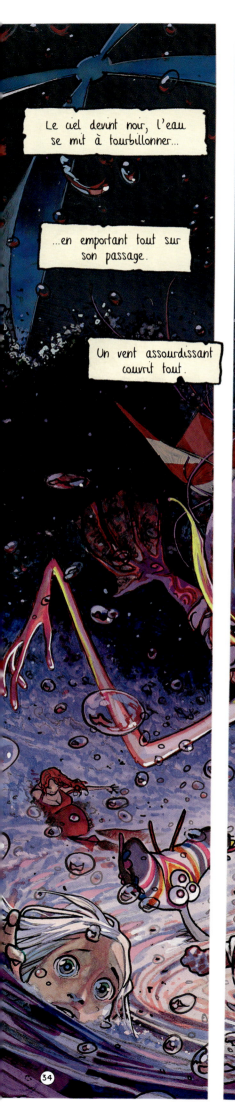

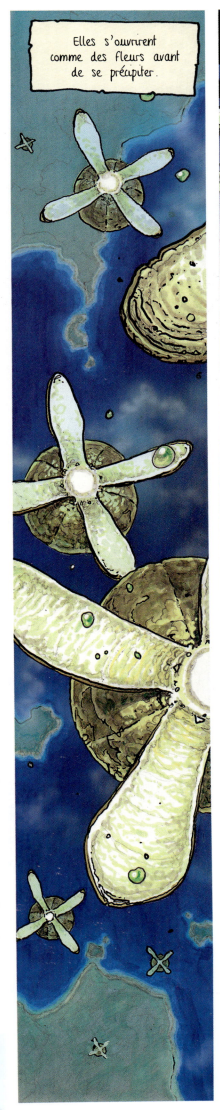

La tour fut ramenée, avec l'aide de tous, là où elle avait été construite, sur l'île des nains. Ivolina regagna le reste de son petit peuple. Cloporte inventa toute une série de batailles qui n'avaient jamais eu lieu, il devint le Ménestrel des gestes des nains de la Tour. Khoz fut adopté par mémé Ténia et depuis il devint son petit-fils à tout faire. Les nains et les Egos apprirent à vivre ensemble même si au début ils durent se battre pour les femmes.

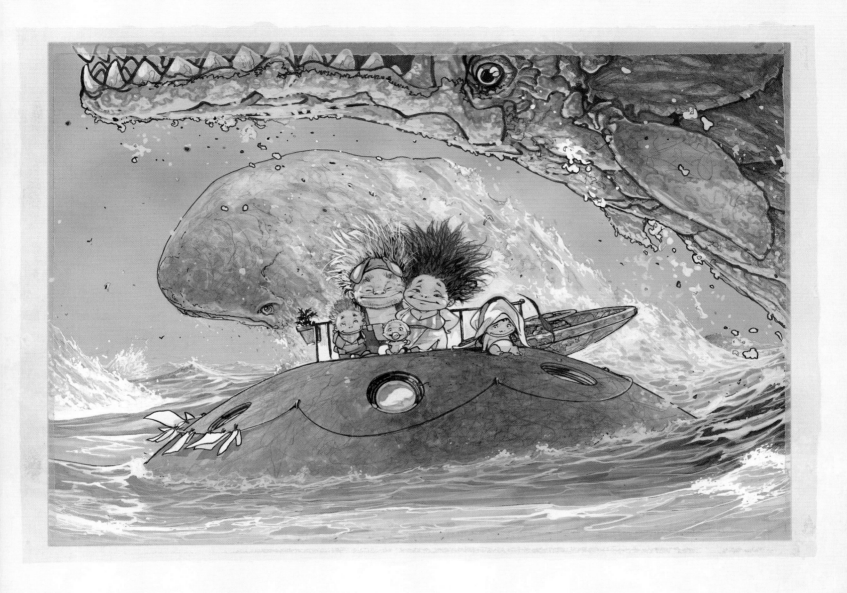

Vyon et Sylvyte s'en allèrent vivre dans le sous-marin pieuvre pour suivre les migrations des Yoks, auprès desquels ils furent nos meilleurs ambassadeurs.
Ils eurent beaucoup d'enfants et vécurent heureux pendant longtemps.

Dumb Dumb resta au village avec les enfants himmortalis et Mara-Khamay.
Ensemble ils créèrent la première école et le premier parc d'attractions pour les enfants de la planète.

Il fut donné à Ciro un corps rien que pour lui.
Il fut aussi chargé de surveiller, au sommet de la tour des nains, les rats d'égouts...
De temps en temps du haut de la Tour nous entendons des messages mystiques de l'élu...
Mais à part ça, personne ne l'a plus jamais revu.

Danheel devint zoologue, et participa activement au programme de «réinsertion harmonieuse» des espèces terrestres, coordonné par son grand-père Zerit.
Elle vécut longtemps avec ses animaux, dans le sous-marin abandonné.

Zerit continua à se faire appeler ainsi. Après l'accident, il perdit l'usage de ses jambes et il refusa de les remplacer.
Il s'installa sur les montgolfières, et dédia toute sa vie à l'étude des plantes.

Tyta et moi retournâmes sur mon île. C'est là que nos enfants, Reha and Rhokko, grandirent. Le fait d'avoir été traversé par toute la mémoire humaine n'a pas vraiment clarifié mes idées. Depuis que je suis sorti de la Sphère, je ne parle plus beaucoup, mais mon entourage ne s'en plaint pas. Depuis, beaucoup d'eiz sont passés. Je suis vieux maintenant et j'ai vaincu mes peurs de jeunesse. Mes enfants sont occupés à découvrir le monde qui les entoure. Ils sont forts et en bonne santé, comme seront un jour leurs enfants.

Ceci est un portrait d'un réalisme frappant, que Ciro a glissé sous ma porte avant de disparaître.

LES GARDIENS DU MASER 6: LE VILLAGE PERDU
Copyright © 2005, Editions USA / Massimiliano Frezzato
All Rights Reserved

Editions USA, 127 rue Amelot, 75011 Paris
ISBN 2-914409-47-8
Dépôt légal: avril 2005
Imprimé en Italie par Valprint (MI)

**MERCI
À ELEONORA
POUR AVOIR APPORTÉ DES NOUVELLES COULEURS DANS CE MONDE,
À ILVA ET STEFANO
POUR AVOIR SI BIEN MASQUÉ LES CHANGEMENTS QUE J'AVAIS FAITS
À L'AÉROGRAPHE,
À TOUS CEUX QUI ONT CRU DANS CETTE ANCIENNE HISTOIRE.
À TANIA.**